VELLIDO DOLFOS

Manuel Bretón de los Herreros

DRAMA HISTÓRICO EN CUATRO ACTOS

PERSONAJES

DOÑA URRACA. PEDRARIAS.
RAMIRA. ÁLVAR FÁÑEZ.
EL REY DON SANCHO II. FORTÚN.
EL CID. FROILA.
VELLIDO DOLFOS. CABALLEROS.
ARIAS GONZALO. SOLDADOS.
DIEGO ORDÓÑEZ.

La escena pasa en Zamora y su campo. Año de 1072.

ACTO I

Sala del palacio de DOÑA URRACA.

Escena I

VELLIDO. RAMIRA.
VELLIDO Locura es mi pasión, yo lo confieso,
pero es mi bien, mi vida esta locura.
Hidalgo pobre, campeón oscuro,
no puedo yo esperar la gloria suma
que a príncipes tan sólo y ricos-hombres
es dado ambicionar; mas por ventura
¿se aprende entre las ásperas montañas
do tosca y libre se meció mi cuna,
se aprende entre el furor de los combates
a vencer un amor que al alma adula,
y a no llevar el hombre sus deseos
más allá que su nombre y su fortuna?
¡Adorar a una infanta de Castilla,
a quien Zamora llama Reina suya!...
¿Por qué no, si esa infanta, si esa reina
prodigio es de valor y de hermosura,
y ojos para mirarla diome el cielo
y altivo corazón donde se esculpa
su grata imagen con buril ardiente
que al hielo desafíe de la tumba?
¿Por qué... cómo no amarla si en su rostro
al celeste esplendor que me deslumbra
hoy adverso destino los encantos
de lágrimas dolientes acumula?
Blanco infelice de opresión tirana,
de alevosa ambición víctima injusta,
llora enemigo atroz al propio hermano
que acarició no ha mucho su ternura.
Los vínculos sagrados de la sangre
rompe don Sancho con horrenda furia,
y en vez de protegerla con su escudo
contra débil mujer la lanza empuña.
No bastan a su bárbara codicia

Castilla y Portugal, León y Asturias:
no basta despojar a sus hermanos
de la herencia paterna y que sucumban,
Alfonso mendigando el pan de un moro,
preso García y olvidado en Luna;
que también a dos míseras princesas,
sangre suya las dos y prole augusta
del gran Fernando cuyo nombre infama,
la escasa dote sin rubor usurpa.
Hermosa, y noble, y perseguida, y sola,
el que no la idolatra, ese la injuria.
En vano ya los ojos y los labios
se niegan a mostrar la llama oculta.
No más callar. Martirio es el silencio.
Hoy, Ramira, mi fallo se pronuncia.
Hoy sabrá que la adoro, aunque a sus plantas
el rayo de su enojo me confunda.
RAMIRA ¡Funesta ceguedad! ¡Triste Vellido!
¡Tú amar a doña Urraca! ¡A tanta altura
alzar el temerario pensamiento!
¡Oh! Vuelve en ti y a la razón consulta.
Huye el peligro. Si arrostrarle es gloria,
también alguna vez gloria es la fuga,
y si amor es de amor la medicina,
también la ausencia sus heridas cura.
Lejos de esa sirena encantadora
romperás la cadena que te abruma,
y quizá de otra cándida doncella
bendecirás ufano la coyunda.
¿Es sola esa mujer bella y donosa
del Duero y del Pisuerga en las llanuras?
VELLIDO Es la mujer que adoro; y no te canses,
prima, que tus consejos me importunan.
¡Que escuche a la razón, y es mi verdugo!
Corazón como el mío no ama nunca,
o es su amor frenesí. Busco mi muerte,
dirás: ¿y qué es la vida en tal angustia?
¿No es mejor apurar de un solo trago
el cáliz de mi negra desventura?
En buen hora me mate su desprecio

antes que lenta fiebre me consuma.
Sabrá a lo menos que por ella espiro,
y este consuelo llevaré a la tumba.
RAMIRA ¿Quién de tu pecho indómito creyera
tanta flaqueza!
VELLIDO Sí, la frente ruda,
que por ella cubrí de duro yelmo
y no supo doblarse a otra ninguna,
marcada con el sello del esclavo
yo arrastraría por la tierra inmunda
si ella me lo mandara; que ella sola
puede domar mi condición adusta.
¡Ella! No hay más virtud, no hay más deleite,
más mundo para mí. Grata o sañuda,
ella ha de ser el ángel que me salve,
o ha de abrir el infierno en que me hunda.
RAMIRA Sea. Tú la hablarás, y plegue al cielo
que mis tristes presagios no se cumplan.
Te avisaré. Conviene prepararla...
Ya sale. Huye de aquí.

(**Desaparece** VELLIDO.)

¡Loco! No hay duda.

Escena II

DOÑA URRACA. RAMIRA.

DOÑA URRACA ¿Con quién hablabas, Ramira?
RAMIRA Con Vellido mi pariente,
soldado fiel y valiente
que arde en generosa ira
contra tu hermano insolente.
Vasallo fue de Fernando
y, como bueno, execrando
de don Sancho la agresión,
ha consagrado a tu bando
la espada y el corazón.
Viéndote oprimida y triste,
de su menguada fortuna
come, cabalga y se viste,
y sin soldada ninguna
con treinta lanzas te asiste.
DOÑA URRACA ¿Cómo has dicho que se llama?
RAMIRA Vellido Dolfos.
DOÑA URRACA Su nombre
jamás oí ni su rama.
No debe de ser rico-hombre
ni caballero de fama.
RAMIRO Él honrará su pavés
con tu ayuda y la de Dios;
que en la guerra, tú lo ves
fama adquieren más de dos...
y la pierden más de tres.
DOÑA URRACA No en vano mi gracia implora;
basta que sea tu deudo;
pero, sitiada en Zamora,
¿con qué merced, con qué feudo
le puedo premiar ahora?
RAMIRA Si una audiencia le concedes,
y hacerlo, Señora, puedes
sin mengua de tu decoro,
no te pedirá mercedes
que desangren tu tesoro.

Sólo desea en tus manos
renovar su juramento,
que oyeron los zamoranos,
de dar el último aliento
combatiendo a tus tiranos.
DOÑA URRACA ¡Extraño desinterés!
No le imitan muchos grandes.
RAMIRA Es un rudo montañés
mas como tú se lo mandes,
se dará muerte a tus pies.
DOÑA URRACA ¿Tanta virtud hay en mí?
RAMIRA O en él tanto frenesí.
DOÑA URRACA ¡Singular idolatría!
RAMIRA Él es capaz, a fe mía,
de hacer prodigios por ti.
DOÑA URRACA ¿Y sin ningún galardón?...
RAMIRA Como a un ángel sobrehumano
te adora su corazón.
DOÑA URRACA ¿Y no hay nada de profano
en esa superstición?
RAMIRA Sólo Dios sabe lo oculto;
mas tanta distancia veo
entrelos dos... ¡Oh! No creo
que contamine su culto
ningún liviano deseo.
DOÑA URRACA Pues le retratas así,
debo alejarle de aquí;
que su amor...; una de dos:
si divino, ofende a Dios;
si humano, me ofende a mí.
RAMIRA ¡Ofenderte! Tal no piensa.
¿Y cuándo el amor ha sido
calificado de ofensa?
¡Tanta fe, pobre Vellido,
y tan cruel recompensa!
DOÑA URRACA Cierto que es temeridad...
RAMIRA Le disculpa su rudeza.
DOÑA URRACA Si no fuera liviandad,
tendría curiosidad
de oír...

RAMIRA (Bien. Así se empieza.)
DOÑA URRACA ¿Qué dices?
RAMIRA (Picarla ahora
quiero.) Aunque es duro ese no,
la prudencia lo dictó,
y tú penetras, Señora,
lo que no alcanzaba yo.
DOÑA URRACA Tus consejos necesito,
que injusta no quiero ser;
y al fin, si bien lo medito,
o no es delito el querer,
o es venial ese delito.
RAMIRA (Cederá.)
DOÑA URRACA Si nada espera,
¿puedo impedir que él prosiga
amando de esa manera?
RAMIRA No es lo malo que él te quiera,
sino...
DOÑA URRACA ¿Qué?
RAMIRA Que te lo diga.
DOÑA URRACA No me habías anunciado
que él pueda ser tan osado.
Me engañas, o no te entiendo.
RAMIRA Esto es hablar suponiendo
que yo me haya equivocado.
DOÑA URRACA Yo, que deseo ganar
renombre de popular,
sentiré que se me tilde
de que me niego a escuchar
ni al vasallo mas humilde.
¿No decías que su amor
era un culto reverente?...
RAMIRA Tal lo creo, salvo error,
pero tú seguramente
lo definirás mejor.
DOÑA URRACA Pues bien, hablarle no quiero.
Ya mitigará su pena.
RAMIRA Eso es lo que yo no espero.
DOÑA URRACA Pues ¿qué hará?
RAMIRA Tirarse al Duero

o colgarse de una almena.

DOÑA URRACA ¡Jesús me valga! ¡Qué horror!
¡Morir el cuitado así!

RAMIRA Él lo tendrá a mucho honor.
Es tu vasallo en rigor
y debe morir por ti.

DOÑA URRACA Si maldiciéndome espira
temeré de Dios la ira;
no podré dormir en calma...
¡Ah! No quiero yo, Ramira,
que por mí se pierda una alma.

RAMIRA ¡Y por una eternidad!
Pero... tu condescendencia...

DOÑA URRACA Ya es un acto de piedad.
Repugna a mi vanidad,
mas lo exige mi conciencia.

RAMIRA (¿No dije?...) A anunciarle voy
que te ha movido su ruego
y le das audiencia hoy.

DOÑA URRACA Como dama, se la niego:
como Reina, se la doy.

Escena III

DOÑA URRACA. RAMIRA. PEDRARIAS.

PEDRARIAS Señora...
DOÑA URRACA Irás después. Entrad, Pedrarias.
¿Qué me anunciáis?
PEDRARIAS Del enemigo campo
para hablaros de paz un mensajero
seguro os pide a nombre de don Sancho.
DOÑA URRACA ¡Paz! ¡Venturosa paz! ¿Quién la desea
como yo? Tiempo es ya de que el escándalo
tenga fin de esta guerra fratricida.
Deponga su furor mi ciego hermano,
y de tantas injurias olvidada
yo le abriré mis cariñosos brazos.
PEDRARIAS También Zamora por la paz suspira,
pero paz con honor; y honroso pacto
nunca al débil ofrece el poderoso.
DOÑA URRACA Dios puede más, y al corazón acaso
del ambicioso Príncipe desciende
la luz de su justicia. Ya al heraldo
deseo ver. ¿Quiénes?
PEDRARIAS Grande es su fama.
No hay adalid en el real contrario
de más subido prez. Los leoneses
le llaman el soberbio castellano,
los agarenos Cid, los de Castilla
Rui Díaz de Vivar.
DOÑA URRACA De buen presagio
su nombre es para mí. Volad, Pedrarias.
Ya impaciente le espero en mi palacio,
y doy gracias al Rey que su mensaje
a tan buen caballero ha confiado.

Escena IV

DOÑA URRACA. RAMIRA.

DOÑA URRACA ¡Fuera mi campeón el buen Rodrigo
y yo impondría leyes al tirano
que me las quiere dar! ¿Quién osaría
moverme guerra si su fuerte brazo
por mí blandiera la temida lanza?
¡Oh si mi ruego le moviera tanto
que mi causa abrazase las banderas
del fiero usurpador abandonando!
¿Y cuál más justa causa, cuál más noble
pudiera defender? Mas, ¡ay!, en vano
me halaga esa esperanza lisonjera,
que el afán de adquirir fáciles lauros
puede más en el alma de un guerrero
que de infeliz mujer el triste llanto.
RAMIRA ¿Qué es una lanza más? Y por ventura
¿faltan aquí caudillos esforzados?
¿Si la experiencia es algo en los combates,
no es capitán experto Arias Gonzalo?
¿Quién a sus hijos en valor iguala,
ora el ijar opriman de un caballo,
ora sobre el adarve desafíen
todo el poder del enemigo bando?
Y si bastase el personal arrojo
el número a suplir de los soldados,
¿cuál de los fuertes que a tu voz militan,
ora pechero sea, ora hijodalgo,
se aviniera a lidiar detrás de un muro,
estrecha cárcel a su ardor bizarro?
Si tal vez una empresa temeraria
cuando la inspira férvido entusiasmo
basta a cambiar el rostro de la guerra,
o si es fuerza verter en tu holocausto
por conservarte el heredado cetro,
o sólo porque tuyo es el mandato,
sangre leal y que la humilde víctima
te cante bendiciones espirando,

bien que Cid Campeador no se apellide,
yo sé quién obraría ese milagro.
Vellido...
DOÑA URRACA ¡Oh qué porfía! Sólo sabes
el nombre pronunciar de ese menguado.
RAMIRA Yo... Mi lealtad...
DOÑA URRACA Si aún dudas que Rodrigo
me pudiera salvar en riesgo tanto,
¿quién osaría lo que el Cid no osara?
¿Qué puedo yo esperar de un insensato?
RAMIRA (Callo. El viento cambió.)
PEDRARIAS **(A la puerta.)** Licencia pide
Rui Díaz de Vivar...
DOÑA URRACA Entre. Dejadnos.

Escena V

DOÑA URRACA. EL CID.

CID Señora...
DOÑA URRACA Alzad, y la frente,
noble Rodrigo, cubrid.
No está bien por tierra el Cid
ni mi amistad lo consiente.
CID Dios os guarde de mancilla,
noble Infanta, mi Señora.
DOÑA URRACA Reina me llama Zamora.
CID No hay más que un cetro en Castilla.
DOÑA URRACA ¿Me ajáis por verme infeliz?
CID Como embajador lo digo.
Si hablara como Rodrigo,
os llamara emperatriz.
DOÑA URRACA Sólo quiero que me habléis
como amigo y caballero.
CID Diré el mensaje primero
si este honor me concedéis.
DOÑA URRACA Hablad.
CID El Rey de Castilla,
de Galicia y de León
os pide, Señora, en don
esta torreada villa;
y darla podéis ganando,
que en cambio tendréis, sin guerra,
Valladolid y su tierra,
Rioseco y Villalpando.
DOÑA URRACA ¿Qué decís! ¡Pedirme dones,
siempre fue galán mi hermano,
con las armas en la mano
y al frente de sus legiones!
Aunque siento comparar
a un ladrón un rey guerrero,
así pide el bandolero
lo que ha resuelto robar.
CID No así vuestro enojo tuerza
su intención, pues mesurado

os viene a pedir de grado
lo que obtendría por fuerza.
DOÑA URRACA ¡Bien por Dios! Si desde luego
despojarme no pensó,
¿por qué la fuerza ensayó
antes de emplear el ruego?
Decid que probó en Zamora
no esperada resistencia,
y cauto por la experiencia
me habla de tratos ahora;
y es que juzga, a mi entender,
menos fácil y seguro
ganar por asalto un muro
que engañar a una mujer.
CID Él su nombre soberano
os empeña, y lo que ofrece...
DOÑA URRACA Vos sabéis qué fe merece
la palabra de mi hermano.
CID Es mancebo y pudo errar,
mas no ha de seros infiel
hoy que responde por él
don Rodrigo de Vivar.
DOÑA URRACA Vos merecéis mil loores,
mas desconfiar es ley,
Rodrigo Díaz, de un Rey
que ha menester fiadores.
CID Si él quebrantase el tratado,
su más terrible enemigo
fuera yo.
DOÑA URRACA ¿Y quién, don Rodrigo,
me volvería mi estado?
¿Qué valdría la venganza?...
CID Señora, el mundo es muy ancho,
y vos sabéis que a don Sancho
dos reinos ganó mi lanza.
Si os engañara el doncel,
bien sabría, vive Dios,
ganar uno para vos
quien ganó dos para él.
DOÑA URRACA ¿Quién vuestro valor, buen Cid,

pudiera poner en duda?
¡Oh si fuerais en mi ayuda!
¡Oh si fuerais mi adalid!
Y harto más digna la hazaña
fuera de vos, perdonad,
si amparaseis mi orfandad
contra el tirano de España;
que si es débil mi poder,
la razón está conmigo,
y es mengua para Rodrigo
lidiar contra una mujer.
CID Razón tenéis, no lo callo,
mas sabré, cumplir, lo espero,
con la ley de caballero
y con la ley de vasallo.
Duélome de que os ultraje
de la fortuna el rigor,
mas don Sancho es mi Señor
y le he prestado homenaje.
DOÑA URRACA Antes mi padre lo fue,
y de él heredé a Zamora,
y el hijo que le desdora
falta al honor y a la fe.
CID Yo soy, si me dais licencia
de decíroslo otra vez,
su vasallo, no su juez;
su heraldo, no su conciencia;
mas sería yo capaz
de alzarle el pleito homenaje
si me diera otro mensaje
para vos que el de la paz.
DOÑA URRACA ¡Por cierto, lealtad extraña
y pundonor singular!
¡Ah, Rui Díaz de Vivar!...
Sandia honradez os engaña.
¡Y ha de tener, justo Dios,
ese usurpador tirano,
mal hijo y peor hermano,
un vasallo como vos!
Oh santa naturaleza!

¡Oh perjurio atroz, infando!
¡Oh si el buen rey don Fernando
alzara aquí la cabeza!
¿Ya el que fundaba su gloria
en el brazo de Rodrigo,
ya el que os llamaba su amigo
no vive en vuestra memoria?
¿Qué diría si inclemente
cercar os viera este muro,
y dar la espada al perjuro,
y negarla al inocente?
No esperó de vos en pago
tan injusto desafuero
cuando os armó caballero
en el altar de Santiago.
Aquel venturoso día
quizá no está tan presente
don Rodrigo, en vuestra mente
como lo tengo en la mía.
¿Cuándo, decid, un vasallo
tan alto honor mereció?
El Rey las armas os dio
y la Reina os dio el caballo;
y yo, ¡cuitada!, que imploro
vuestra protección en vano,
¿os acordáis? con mi mano
os calcé la espuela de oro.
CID Señora, ¿a qué recordar
para mayor amargura
tiempos de paz y ventura
que ya no pueden tornar?
Mirad, Señora, que es ley
también la necesidad,
y no cabe en mi lealtad
armarme contra mi Rey.
Ved que de mi honor seguro
en mi palabra reposa,
y que podéis ser dichosa
sin que yo sea perjuro.
Ceded, Señora, pues ya

su duro pecho se ablanda,
y si una villa os demanda,
catorce villas os da.

DOÑA URRACA ¡Ah! ¡Vos en mi daño, vos
partidario de un impío!
¡Otra suerte el padre mío
nos reservaba a los dos!
Él meditaba, y un día
afectuoso me lo dijo,
llamaros, oh Cid, su hijo;
¡que en tanto precio os tenía!

CID ¡Ah, Señora!...

DOÑA URRACA A mi dolor
disculpad esta memoria
que acrecienta vuestra gloria
a expensas de mi rubor.

CID Aunque honró mucho mi espada
y mi cuna el Rey benigno,
no era yo, Señora, digno
de merced tan señalada.

DOÑA URRACA No alcanzan humanas leyes,
ni fueros de la razón,
ni afectos del corazón
a las que nacen de reyes.
Sumisa como debía
a la regia autoridad...
su paterna voluntad
hubiera sido la mía.

CID Llore quien perdió esa palma,
y dad vos gracias al cielo,
porque es mucho desconsuelo
dar la mano sin el alma.

DOÑA URRACA No he dicho yo que hay violencia
en obedecer...

CID (Yo soy
perdido si no me voy.)

DOÑA URRACA Cuando es grata la obediencia.

CID ¡Tanta ventura!...

DOÑA URRACA ¡Rodrigo!...

CID (¡Pesia la flaqueza mía!...)

Señora, no lo creía,
me tratáis como a enemigo.
Guerra me dan vuestros ojos
cuando con la paz os brindo;
mas si a su fuerza me rindo,
no os honrarán mis despojos.
Nunca en lides fui cobarde,
bien lo sabéis, pero en esta
solo un arbitrio me resta.
DOÑA URRACA ¿Cuál?
CID La fuga. Dios os guarde.
DOÑA URRACA Escuchad, el castellano,
que os vais sin respuesta, y dos
tengo que dar; una a vos...
CID Señora...
DOÑA URRACA Y otra a mi hermano.
Desechad el necio error
que tanto os desvanecía.
Quien os oyera, diría
que por vos muero de amor.
Sólo quise hablando así
recordaros -¿lo entendéis?-
lo que a mi padre debéis;
al Rey mi padre; no a mí.
Doy en fin que ayer cediera
de mi padre a la ternura;
mas ¿no puedo por ventura
pensar hoy de otra manera?
Advertid, pues en mal hora
me obligáis a hablar así,
que ayer no mandaba en mí,
y hoy soy Reina de Zamora.
CID Yo agradecido me muestro,
Señora, a vuestro rigor,
pues vale más que el error
sea mío que no vuestro;
porque a Rodrigo no humilla,
Señora, vuestro desdén,
y humillada no está bien
una Infanta de Castilla.

DOÑA URRACA Abreviemos, que es ya tarde.
Decid, Rodrigo, a don Sancho
que yo mi nombre no mancho
con ninguna acción cobarde;
que en la palabra no creo
de quien tantas quebrantó,
y tratos no escucho yo
cuando cercada me veo;
que, por mucho que me cuadre
lo que me promete ahora,
yo estimo más a Zamora
porque fue don de mi padre;
que si él en guerras crueles
ha aprendido a perjurar,
yo no quiero abandonar
a los que me sirven fieles;
y si no pueden mis hombros
a Zamora sostener,
yo sabré, flaca mujer,
enterrarme en sus escombros.
Cuál sigue causa más bella
juzgue Dios, juzgue Castilla;
él asaltando mi villa,
o yo pereciendo en ella.
CID Eso, Señora, es honrar
al padre que os engendró.
Así respondiera yo
a estar en vuestro lugar;
que si os vine a proponer
lo que forzoso entendí,
no os buscaba Reina aquí
sino afligida mujer.
Vuestro el prez, vuestra la gloria;
que morir es mejor suerte
cuando es heroica la muerte
y es infame la victoria.

Escena VI

DOÑA URRACA.

Ahora alaba mi heroísmo
el soberbio castellano,
¡y no me tiende una mano
en el borde del abismo!
¡Y yo arriesgué mi decoro
fiada de su hidalguía!
¡Oh inútil flaqueza mía!
¡Oh mal empleado lloro!
Mas ¿qué poder avasalla
a ese adusto campeón?
Tan duro es su corazón
como su cota de malla.

Escena VII

DOÑA URRACA. RAMIRA.

RAMIRA Arias Gonzalo...
DOÑA URRACA Está bien.
Que pase. (Todo conspira
contra una infeliz.) Ramira.
Llama a Vellido también.

Escena VIII

DOÑA URRACA.

¡Que mío será el prez, mía la gloria!...
¡Gloria funesta que maldigo y lloro,
y vano alarde de valor mentido
impone a mis palabras y a mi rostro!

Escena IX

DOÑA URRACA. ARIAS GONZALO. PEDRARIAS.
CABALLEROS.

GONZALO Señora...
DOÑA URRACA Bien venido, Arias Gonzalo,
mi fiel vasallo, mi mejor apoyo.
Nunca vuestro consejo y vuestra espada
tanto necesité; que ya a su colmo
llegó mi desventura.
GONZALO Y nunca en balde
la sincera lealtad de que blasono
pondréis a prueba; que el infausto día
en que a la tumba descendió del solio,
plugo al buen don Fernando que yo fuese,
huérfana ilustre, vuestro fiel custodio.
DOÑA URRACA Mejor dijeras mi segundo padre.
GONZALO Os amo como tal, si no me honro
con título tan alto; que a la sombra
del cetro más benéfico y glorioso,
orgullo de León y de Castilla
os vi nacer, de esclarecido tronco
primer renuevo, y en la pila santa
sobre mi pecho oí vuestros sollozos.

Escena X

DOÑA URRACA. ARIAS GONZALO. PEDRARIAS. VELLIDO.
RAMIRA. CABALLEROS.

VELLIDO **(Turbado.)**
A vuestros pies... Ramira...
DOÑA URRACA Alzad, Vellido.
(A RAMIRA **aparte.)**
¿Es ese el fiero, el arrojado mozo...?
Mucho se turba para ser valiente.
RAMIRA **(En voz baja.)**
¿De qué valor no triunfan vuestros ojos?
DOÑA URRACA (¡Ah! ¡Responda Rodrigo!)
VELLIDO (¡Cuán hermosa!)
GONZALO **(Aparte a un caballero.)**
¿Cómo osa entrar aquí Vellido Dolfos?
DOÑA URRACA Llamados sois, ilustres caballeros,
a pronunciar irrevocable voto
que mi suerte y la suerte de Zamora
de hoy más decida. El campeón famoso,
ese a quien llaman Cid, Rodrigo Díaz,
en nombre de don Sancho, del que ha roto
tantas veces los vínculos más santos,
me acaba de ofrecer -¡mirad qué asombro!-
paz y fraterno amor si de Zamora
le abro las puertas y a su pie me postro.
En cambio de la herencia de mi padre
tendré a Valladolid y sus contornos,
y a Rioseco también y a Villalpando;
que es mi hermano en extremo generoso;
mas primero que él cumpla su promesa
yo debo consentir en mi despojo.
Perdóneme don Sancho si le ofendo.
Hermanos como yo, García, Alfonso,
Elvira, todos lloran su perfidia.
Después de tanto ejemplo lastimoso
necia sería yo si le creyera.
Y sin cubrir mi frente de sonrojo
¿hubiera yo podido, caballeros,

a un pacto suscribir tan vergonzoso?
Mas bien sé los peligros que me cercan;
bien sé, cuando la cólera provoco
del insano opresor, que con mi vida
la vida de mis súbditos expongo.
Si temeraria ha sido la respuesta,
pague yo sola mi imprudente arrojo;
no perezcan por mí tantos valientes.
Retirada en el claustro más remoto
acabaré mis días, y mi sangre
rescatará la vuestra, si es forzoso.
GONZALO No comprara la villa a tanto precio
ignominiosa paz. Sus hijos todos
antes querrán morir que abandonaros
de injusto usurpador al fiero encono.
Por deber, por amor, juró Zamora
defender con las armas vuestro solio,
y aquella suerte que os depare el cielo,
feliz o adversa, nos cabrá a nosotros.
Si a mi lealtad empero y a mis canas
es permitido hablaros sin rebozo,
no os aconsejo que arrostréis en vano
el rencor de un monarca poderoso.
Cuando arribar al deseado puerto
embravecida mar niega al piloto,
del peligroso rumbo se desvía
que amaga a su bajel con rudo escollo.
Sin víveres, sin fuerzas, sin aliados,
sin esperanza alguna de socorro,
¿cómo una sola villa resistiera
a ejército aguerrido y numeroso?
Por vuestro bien, Señora, os lo suplico,
que mi hacienda y mi vida estimo en poco;
no os obstinéis contra el destino airado;
para tiempo os guardad más venturoso,
y vuestra no, del Rey será la mengua,
que así quiere infamar el nombre godo.
No es ley de una mujer desventurada
hacer alarde de valor heroico,
pero es ley del que nace caballero

amparar, no ofender al sexo hermoso.
VELLIDO Y acatar sus preceptos soberanos,
siquiera nazcan de voluble antojo;
¡cuánto más si el honor los articula
y desciende la voz de excelso trono!
Merecida repulsa dio la Reina
al mensaje falaz de un ambicioso;
ella el poder de Sancho desafía,
¿y queréis que postrada sobre el polvo
de los pies que conculcan sus derechos
vierta una Reina escarnecido lloro?
Ella, mujer, como los héroes habla;
¡como hablara una dueña habláis vosotros!
PEDRARIAS ¡Viven los cielos!... Perdonad, Señora.
¿Quién sois vos? ¿Qué pendón ganado al moro
os da derecho, audaz aventurero,
de alzar aquí la voz?
DOÑA URRACA Pues yo la oigo,
vos la podéis oír, noble Pedrarias.
VELLIDO Bien pudiera yo dar, aunque bisoño,
fiador a mi lengua en este brazo;
que si de alto linaje no blasono,
lidiar me vio Zamora como bueno,
y nunca a mis contrarios huyo el rostro.
PEDRARIAS De esfuerzo y de lealtad mi noble padre
no necesita daros testimonio,
y yo, el menos ilustre de sus hijos,
lecciones de valor ni doy ni tomo,
ni ha menester mi lengua fiadores;
que donde hablan mayores callo y obro;
mas sujetad el freno de la vuestra,
Vellido, o por Santiago que os la corto.
DOÑA URRACA ¡Arias!
GONZALO (A PEDRADRIAS.)
Calle el rapaz. ¿Quién os ha dicho
si injuria fuese el delirar de un loco,
que yo vuestra venganza esperaría?
VELLIDO Castigadme, Señora, si os enojo,
mas si a la fe de un súbdito que anhela
daros su sangre; si al partido honroso

de enterrarse en los muros de Zamora,
antes que condenaros al oprobio
de implorar la clemencia de un tirano,
se llama delirar, ¿será el encomio,
será el prez reservado por ventura
a quien os deja en mísero abandono,
y conspira a apagar en vuestro pecho
el fuego que le inflama generoso?
PEDRARIAS Quien dijere...
DOÑA URRACA Ya basta, campeones.
Ni cumple esa contienda a mi decoro,
ni faltará ocasión a vuestro brio
sin malograrlo con fatal encono
en intestina lid. Arias Gonzalo,
aplaudo tu prudencia, como elogio
de Vellido el ardor. Un solo impulso,
la acendrada lealtad, os mueve a todos.
(**A** GONZALO.)
Tú, que mi vida conservar deseas,
darás la tuya en el murado foso
si es fuerza combatir.
(**A** VELLIDO.)
Tú, que indignado
prefirieras mi muerte a mi desdoro,
fiel me serás también si sometida
al fiero hermano la rodilla doblo.
Pero explorar el ánimo del pueblo
es fuerza en este trance peligroso.
Consúltale en mi nombre, Arias Gonzalo;
di que en sus manos mi destino pongo.
GONZALO Zamora no da leyes a su Reina.
Vos decidid: de su lealtad respondo.
DOÑA URRACA Id, no obstante, os lo ordeno...; os lo suplico.
(**A los caballeros.**)
Seguidle.
(**A** VELLIDO.)
Vos, oid.
(**A** RAMIRA.)
Dejadnos solos.

Escena XI

DOÑA URRACA. VELLIDO.

DOÑA URRACA Pláceme haberos oído
defender con tal fervor
mis derechos.
VELLIDO Sois mi Reina.
Cumplí con mi obligación.
DOÑA URRACA Ramira, mi fiel criada,
de vos, Vellido, me habló
con sumo interés.
VELLIDO ¿Qué mucho?
Su deudo y su amigo soy.
DOÑA URRACA Dijo que ansiabais hablarme...
Deponed la turbación.
¿Qué merced queréis de mí?
VELLIDO ¡Ah, Señora! ¿Quién soy yo
para pediros mercedes?
Por harto feliz me doy
con que tan ínclita Reina
se digne de oír mi voz.
Si tanta fuera mi suerte
que algo hiciese yo por vos,
ni aún entonces osaría
demandaros galardón;
que si este humilde guerrero
merece tanto favor,
a la gloria de serviros
se limita mi ambición.
Y ¡qué! ¿no es harta ventura
para el árbol y la flor
que a darles vida y contento
descienda un rayo del sol?
¡Y flores mi juventud
que se agosta en su verdor,
y vos me miráis, Señora,
que sol de Castilla sois!
DOÑA URRACA (Loco es este, si lo es,
de muy buena condición.)

¿Venís acaso a pedirme
justicia? Obligada estoy
a dispensársela a todos.
VELLIDO ¡Justicia! ¡Ah, Señora! No;
que no es obra de los hombres
mi irremediable dolor,
y si yo osara quejarme...
¡blasfemara contra Dios!
DOÑA URRACA ¡Dolfos!
VELLIDO ¡Oh! No os enojéis.
¡Perdón, Señora, perdón!
He jurado defenderos
contra el vil usurpador,
mas vos no lo habéis oído;
¡tal distancia entre los dos
puso el cielo!, y yo aspiraba,
Señora, al sublime honor
de ofrecer a vuestros pies
mi espada y mi corazón.
DOÑA URRACA Injusta fuera... la Reina
si os negara...
VELLIDO (**Arrojándose a los pies de** DOÑA URRACA.)
¡Oh dicha! Soy
vuestro esclavo.
DOÑA URRACA Alzad, Vellido.
(¿Será un rapto de furor?)
VELLIDO ¿No merecerá mi labio
en muestra de sumisión
besar esa mano augusta?...
DOÑA URRACA (La pide con un temblor...
Mas la pide respetuoso.
¿Sé yo cuál es su intención?...)
Tomad.

(VELLIDO **besa la mano de doña urraca y se levanta**.)

VELLIDO ¡Oh placer inmenso!
Yo no he vivido hasta hoy,
¡y ansío la muerte! En mis venas
hierve la sangre veloz.

¡Tiemble el aleve tirano!
¡Tiemblen Castilla y León!
DOÑA URRACA ¡Qué! ¿Vos esperáis librarme?
VELLIDO ¿Qué no ha de esperar, ¡oh Dios!,
qué puede temer una alma,
que vuestra gracia inflamó?
Mas si Zamora se rinde,
inútil es mi valor.
DOÑA URRACA No se rendirá la villa
si yo el ejemplo no doy.
VELLIDO Jurad..., prometed, Señora,
por dos días, sólo dos,
esos muros defender
contra un hermano feroz;
que tan corto plazo basta
a que triunfe o muera yo.
DOÑA URRACA ¡Antes morir que entregarme
a merced de ese traidor
que Dios maldiga!
VELLIDO En mi pecho
resuena esa maldición.
No os espanten sus legiones
ni su Cid Campeador.
DOÑA URRACA Yo admiro tanto denuedo;
mas contra el destino atroz
que me persigue obstinado
¿hará un solo campeón
lo que no han podido hacer
tantos hidalgos de pro?
VELLIDO Sí hará, sí a muerte segura
corre gozoso por vos;
sí hará si idólatra ciego
sacrificaros juró,
no sólo fortuna y vida,
que fuera pobre ese don,
sino hasta la misma honra,
que es sacrificio mayor.
DOÑA URRACA Delirando estáis, Vellido
¿Eso dice un español?
VELLIDO ¡Oh! Si mi delirio os salva,

será mi triunfo mejor.
¿Lo consentís?
DOÑA URRACA Lo consiento.
(A quien perdió la razón
¿qué puedo decir?) Mirad
que nada os ordeno yo;
mirad que a nada me obligo.
VELLIDO Si ataja muerte precoz
la carrera de mis días
todo para mí acabó;
si la fortuna corona
mis deseos...
DOÑA URRACA Reina soy:
como Reina os premiaré;
¿lo oís? De otra suerte, no.
VELLIDO ¡Ah! ¡Venza yo, y más que luego
maldigáis al vencedor!
¿Qué importa, si el brazo os sirve
como os ama el corazón?
Os amo, lo dije, os amo...
¡Yo, indigno de vuestro amor,
os amo!... ¡Oh crimen!...
DOÑA URRACA ¡Callad!...
VELLIDO Maldito del cielo estoy.
¡Premio decíais! Lo espero.
Muerte, infamia, infierno... ¡Adiós!

Escena XII

DOÑA URRACA.

¡Infeliz! Dios le perdone,
que es digno de compasión.

ACTO II

Arboleda inmediata a Zamora.

Escena I

EL REY. EL CID. ORDÓÑEZ. CINCO CABALLEROS.

REY (**Llegando.**)
Quédense los escuderos
con los caballos de lid,
y a la sombra me seguid
de este roble, caballeros.
ORDÓÑEZ No es paraje muy seguro.
REY Todos lo son para mí.
ORDÓÑEZ Puede alcanzaros aquí
una saeta del muro;
que Zamora en su porfía
quizá a otorgar no se allana
la vista con vuestra hermana
y la tregua por un día.
REY (**Sentándose al pie del roble.**)
No serán, no, tan osados;
que, si del campo me alejo,
saben que a la espalda dejo
cien escuadrones armados.
Ya se guardará esa villa,
bien que nido de traidores,
de irritar más los furores
de don Sancho de Castilla.
¡Ay si con grito de guerra
a mi clemencia responden!;
que los muros do se esconden
ansío igualar con la tierra
Mas Álvar Fáñez ya tarda.
Vive Dios que está despacio,
y un roble no es un palacio
y es un Rey el que le aguarda.
CID No os impacientéis así.
No ha tanto que entró en Zamora.

REY ¿Hablo yo con vos ahora?
ORDÓÑEZ Ya está Álvar Fáñez aquí.

Escena II

EL REY. EL CID. ORDÓÑEZ ÁLVAR FÁÑEZ. LOS CABALLEROS.

ÁLVAR Señor...
REY Prolija respuesta
sin duda la Infanta os dio,
Fáñez. Entre un sí y un no,
¿tanto el decidirse cuesta?
ÁLVAR Salud la Infanta os envía
y ya a veros se apercibe.
REY ¿Y la tregua?
ÁLVAR La recibe
y la otorga por un día.
REY Y paz y eterna concordia
será si acata mi trono;
mas si provoca mi encono,
no tendré misericordia.
Conmigo, empero, no dudo
que depondrá su querella,
y lograr espero de ella
lo que Rodrigo no pudo.
CID Si fue mi mensaje vano,
¿qué mucho? Ni, en buena ley,
pude mandar como Rey
ni persuadir como hermano.
Cumplí fiel con mi embajada
haciéndola conocer
vuestro terrible poder
y su fortuna menguada;
y porque su riesgo vi,
tal vez de mi boca oyó
consejos, Señor, que yo
no tomara para mí.
Si con ánimo real
desprecia riesgo tan grave,
no es culpa mía; -y Dios sabe
si obra bien o si obra mal.
REY (**Levantándose.**)
¿Eso es decirme que vos

tenéis su orgullo por bueno?
CID Yo ni aplaudo ni condeno;
digo que lo sabe Dios.
REY ¿Eso decís?
CID Soy mortal
y puedo errar.
REY Pues yo digo,
y sin errar, don Rodrigo,
que me habéis servido mal.
CID Mucho lo siento, Señor;
mas negar fuera injusticia
que en Portugal y en Galicia
os he servido mejor.
Si hoy os falto en un servicio,
¿de quién será entre los dos
la culpa? ¿Mía o de vos,
que me trocáis el oficio?
Para soldado soy algo,
y ya lo probé a lanzadas,
mas para dar embajadas
maldita la cosa valgo.
REY **(Paseando hacia el foro.)**
También lo probáis ahora.
CID **(Siguiendo al** REY.**)**
¡Y a una princesa tan bella!
Más miedo la tengo a ella
que a los muros de Zamora.
¡Decís que mal os serví
y me miráis con desdén!
No, sino bien, y muy bien,
pues estoy de vuelta aquí.
REY **(Ya en el último bastidor de la izquierda.)**
¿Qué decís...?

(Mirando adentro.)

Mas ya la puerta
se abre del muro enemigo.
Para más tarde, Rodrigo,
dejemos nuestra reyerta.

(Los caballeros se acercan al REY, **y miran también en la misma dirección.)**

ORDÓÑEZ Con otros tantos vasallos
como vos tenéis aquí,
se acerca. Miradla allí.
REY Son briosos los caballos.
El fuerte batallador
Arias Gonzalo es aquel.
ORDÓÑEZ Y aquel garrido doncel
Pedrarias, su hijo mayor.
ÁLVAR Ya los estribos dejando
la Infanta y los caballeros,
los dan a los escuderos.
REY ¡Alerta los de mi bando!

(Vuelve al proscenio con los caballeros.)

Escena III

EL REY. EL CID. ORDÓÑEZ. ÁLVAR FÁÑEZ. SÉQUITO DEL REY.
DOÑA URRACA. ARIAS GONZALO
PEDRARIAS. SÉQUITO DE DOÑA URRACA.

GONZALO **(En el foro.)**
Aquí, Señora, os quedad.

(Adelantándose a la comitiva.)

¡Ah de don Sancho! ¡Ah del Rey!
REY **(Acercándose.)**
Rey de Castilla soy yo,
Gonzalo. ¿Qué me queréis?
GONZALO Ruego a Vuestra Señoría
que jure a Dios uno y tres,
puesta en la espada la mano
y en sus palabras la fe,
que sin ardid ni emboscada,
a fuer de leal y a fuer
de príncipe y de cristiano,
viene...
REY Juro; no os canséis.
GONZALO Si habláis verdad, Dios os premie,
y si no, os castigue.
REY Amén.

(Volviendo adonde están sus caballeros.)

Ceremonioso es don Arias.
¡Achaque de la vejez!
Será fuerza conjurar
a doña Urraca también.
Buen conde don Diego Ordóñez,
cumplid vos ese deber;
que Rodrigo es muy galán...
y se echaría a sus pies.
ORDÓÑEZ **(Adelantándose, y** DOÑA URRACA **se le acerca.)**
Infanta, la de Zamora,

¿juráis al Dios que nos ve
por la salud de vuestra alma
y por la honra y el prez
de vuestro nombre, guardar
la tregua, y mostraros fiel
a la palabra empeñada
sin engaño y sin doblez?
DOÑA URRACA Juro.
ORDÓÑEZ El cielo os lo demande
si el juramento rompéis.
DOÑA URRACA Sea.
GONZALO (**A** DOÑA URRACA.)
Señora...
ORDÓÑEZ (**Al** REY.) Señor...
GONZALO Juró. Obedecí.
DOÑA URRACA Está bien.
ORDÓÑEZ Ha jurado. Me retiro.
REY Haceisme mucha merced.

(Los caballeros del REY se retiran a un lado y los de la REINA a otro.)

DOÑA URRACA ¿Puedo ya, querido hermano,
abrirte mis brazos?
REY (**Abrazándola.**) Ven
a los míos que impacientes
ya te esperaban. ¡Cuidé
que el grave ceremonial
no acabaría en un mes!
DOÑA URRACA ¡Cuán dulce a mi corazón
es este abrazo! ¡Oh si en él
por siempre se renovara
nuestro amor de la niñez!
REY Olvidemos para siempre
nuestra enemistad cruel,
y sólo la muerte pueda
tan santo lazo romper.
DOÑA URRACA Tal esperanza me anima,
y tu intención esa fue
sin duda cuando mostraste

quererme hablar.
REY Así es;
y pues te veo a mi lado
ya me doy el parabién.
DOÑA URRACA Dios por mi derecho vuelve,
y habló la sangre tal vez
en mi favor.
REY Mis derechos
te iba a recordar también.
DOÑA URRACA Otro pacto más humano
me vendrás a proponer,
y en vez de embrazar sangriento
contra una hermana el broquel,
con él vendrás a cubrir
la orfandad en que la ves.
REY Tú, mejor aconsejada,
pues conoces mi poder,
en mi justa pretensión
verás tu propio interés.
DOÑA URRACA ¿Qué pretensión es la tuya?
REY Si fue mensajero fiel,
ya de la boca del Cid
la habrás sabido.
DOÑA URRACA ¡La sé!
Mas tú sabes mi respuesta,
Sancho, y no soy yo mujer
que me retracte jamás
de lo que digo una vez.
REY Si pretendéis que se humille
quien acostumbra a vencer,
mucho os ciega, vive Dios,
vuestra funesta altivez.
DOÑA URRACA Vuestra humillación no quiero,
pero más digno laurel...
REY ¡Eh! basta, que no sois vos
de mis acciones el juez.
DOÑA URRACA Soy árbitra de las mías.
REY Yo soy rey.
DOÑA URRACA No sois mi rey.
REY Está en mi reino Zamora,

y a un reino basta un dosel.
DOÑA URRACA Nada basta a tu ambición.
REY ¡Ambición, y te daré
catorce villas por una!
DOÑA URRACA ¿Catorce villas? ¡Pardiez!
Quien nada piensa cumplir
es muy largo en prometer.
O nunca me las darás,
que es ya proverbio tu fe,
o me las darás resuelto
a quitármelas después.
REY ¡Temeraria!
DOÑA URRACA ¿Qué le diste
a García cuando fue
por tu hueste destronado?
¡La mísera lobreguez
de una torre!
REY Osó invadir
los montes de Santander
que son mi herencia, y... tú sabes
que es García muy doncel
para regir al gallego
y domar al portugués.
DOÑA URRACA ¿Tanta experiencia es la tuya
cuando apenas deja ver
bozo juvenil tu rostro?
REY Nací alentado y con sed
de gloria marcial...
DOÑA URRACA ¡El cielo
gloria más pura te dé,
Sancho el Soberbio! ¿Y qué diste
al monarca leonés
cuando la real corona
arrancaste de su sien?
REY Otra corona le daba
en Sahagún más digna de él.
DOÑA URRACA ¡La tonsura!
REY Sea monje
quien no sirve para rey.
Ya fuera quizá prior

si una mano..., y sé de quién,
no hubiera abierto a su fuga
aquella santa pared.
DOÑA URRACA Sí, mi mano le libró
de la tuya, que tal vez
le guardaba otra corona;
¡la del martirio cruel!
Tú dirás que fue glorioso
a dos reyes someter,
que al fin mandaban soldados,
vestían bélico arnés;
pero a la infeliz Elvira
¿con qué razón, con qué ley...?
REY Primogénito nací,
y mi padre injusto fue
menguándome el privilegio
que entero adquirí al nacer.
DOÑA URRACA Su testamento juraste.
REY Contra derecho juré.
Si cabe el lecho mortal
respeté su voz ayer,
hoy recobro lo que es mío.
DOÑA URRACA Tú sabes que no lo es.
REY ¿Qué ley te abona?... Si leyes
me faltan, yo las haré.
DOÑA URRACA Valiera más que ese afán
de guerrear y vencer
lo emplearás sin descanso
contra el sarraceno infiel.
Si nuevos reinos codicias,
porque no te bastan tres,
valiérate más ganar
a Toledo y a Jaén
que robar su pobre dote
a desvalida mujer.
REY ¡Torreones y ballestas!
¡Por cierto, lindo joyel,
lindo ajuar para una dama!
DOÑA URRACA Presintió la madurez
de mi padre tus proezas;

presagió tu buena fe.
Si a ley de buen caballero
fueras tú justo y cortés,
ni de muros ni de lanzas
habría yo menester,
REY Yo, pues mi saña provocas
con temeraria sandez,
las lanzas que te defienden
haré en astillas arder;
yo de esa villa traidora
los muros arrasaré,
y cuando huelle sus ruinas
mi fogoso palafrén,
y de hinojos y llorando
pidas clemencia a mis pies,
si una celda te concedo
tendraslo a mucha merced.
DOÑA URRACA ¡Así, Caín de Castilla!
Sea sincero una vez
tu labio y en él rebose
de tu corazón la hiel.
Tiñe el Duero con la sangre
de cien valientes y cien;
asalta el muro; no quede
piedra sobre piedra en él.
Si esa es la gloria a que aspiras,
fácil te será, lo sé;
pero no esperes uncirme
al carro de tu poder,
porque antes me matarán
daga, veneno o cordel,
y padrón de infamia eterna
será a tu nombre después
sobre cenizas y escombros...
¡la tumba de una mujer!

Escena IV

EL REY. EL CID. ORDÓÑEZ. ÁLVAR FÁÑEZ. CABALLEROS DEL SÉQUITO DEL REY.

REY Perdida es ya la esperanza
de vencer su altanería.
Ya el perdón es cobardía;
ya es un deber la venganza.
Mañana, ¿lo oís? apenas
la tregua expire, ¡al asalto!
Vea Zamora más alto
mi pendón que sus almenas.

(**Al** CID.)

Vos por la orilla del Duero;

(**A** ORDÓÑEZ.)

vos por el opuesto foso;
yo el postrero en el reposo
y en el peligro el primero.
CID ¡Tal saña, Rey de Castilla,
contra una débil mujer!
¿Qué aumenta a vuestro poder
la posesión de una villa?
REY Cuando su ruina medito,
pues niega a mi trono parias,
no consejos ni plegarias,
sino lanzas necesito.
CID De poco sirve la mía,
y ya que es vano mi ruego,
perdonadme si os la niego
para empresa tan impía.
REY ¿Así a mi trono real
osa rebelarse el Cid?
¿Qué razón tenéis, decid,
para serme desleal?
CID ¿Desleal? Nunca lo fuí,

pero a deciros me atrevo
que yo sé bien lo que os debo
y lo que me debo a mí.
Un juramento me empeña
de no hacer guerra a la Infanta;
Dios lo oyó, y su Madre santa,
y San Pedro de Cardeña.
No imitéis a Satanás
tentándome el alma ahora.
Si mucho vale Zamora,
mi salvación vale más.
REY Gran virtud, ¡por vida mía!
¿Porqué no hablasteis así
cuando me hicisteis a mí
homenaje y pleitesía?
CID Porque nunca imaginé,
ni estaba al humano alcance,
que se viera en este trance
la hidalguía de mi fe.
Bien me estaba yo y más ledo
combatiendo en la frontera,
contra la morisma fiera,
digna empresa a mi denuedo.
Vine aquí, sábelo Dios,
con la halagüeña esperanza
de anudar la rota alianza
entre vuestra hermana y vos.
Contento a Zamora fui
con la venturosa oliva,
mas con lanza vengativa,
no lo acabaréis de mí.
REY Habladme ya sin mesura
y declaraos en fin
el andante paladín
de esa afligida hermosura.
CID Contra vos no haré yo tal
mientras siga vuestra ley;
que sois, don Sancho, mi Rey,
y mi Señor natural.
REY No tuvisteis, a fe mía,

tanto escrúpulo, Rodrigo,
cuando os vieron enemigo
don Alfonso y don García.
También de mi padre muerto
herencia hubieron los dos,
y también los hizo Dios
hermanos míos.
CID Es cierto;
mas nadie a vuestros hermanos
me encomendó en testamento,
ni hice en su pro juramento
que me ligase las manos.
Con justicia o sin justicia,
que yo tanto no penetro,
les demandasteis el cetro
de León y de Galicia.
Mi deber fue la obediencia,
y dije: vaya o no vaya
derecho, allá se las haya
don Sancho con su conciencia.
Para defender su silla
y no acatar otras leyes,
poder tienen esos reyes
como el que manda en Castilla;
y en fin probó mi Tizona,
ministro de vuestra saña,
que quien la pierde en campaña
no es digno de la corona.
Mas, permitid que os lo diga
con franqueza de soldado,
y dejo aparte el sagrado
juramento que me obliga;
mirad más por vuestro honor,
y tened, don Sancho, en cuenta
que hay guerras en que la afrenta
es toda del vencedor.
REY ¿Sois vos -¡culpable osadía -
tutor de mi honra?
CID No;
mas permitidme que yo

sea tutor de la mía.
REY Idos: no la he menester,
ni vuestra espada tampoco;
y a no teneros por loco
la mía os haría ver...
CID Herid; yo os doy mi cabeza
si con ella os desenojo,
pero vuestro ciego antojo
no mancille mi nobleza.
REY Sois aleve.
CID ¡Señor!... Callo.
REY Licencia, Rodrigo, os doy
para alzarme desde hoy
la obediencia de vasallo.
CID A reyes no pago pecho,
soy rico-hombre, y bien sabéis
que, sin que vos me lo deis,
tuve siempre ese derecho.
REY Usadle, pues.
CID No haré tal,
que si la palabra os cojo,
luego os pasará el enojo
y lo tomaréis a mal.
REY No. Yo os destierro.
CID En buen hora.
A obedeceros me obligo.
REY ¿Cuándo partís, don Rodrigo?
CID Mañana al rayar la aurora.
REY Id lejos a hacer alarde
de esa cristiana virtud.
CID Rey de Castilla, salud.
REY Cid Campeador, Dios os guarde.

(Empieza a oscurecer por grados la escena hasta figurar noche cerrada en el final del acto.)

Escena V

EL REY. ORDÓÑEZ. ÁLVAR FÁÑEZ. CABALLEROS.

ÁLVAR Dadme licencia, Señor.
REY ¿Adónde vais, Álvar Fáñez?
ÁLVAR Es don Rodrigo mi deudo
y el honor de mi linaje;
tiro sueldo de su casa...
Permitid que le acompañe.
REY Yo le he desterrado a él;
pero no a vos.
ÁLVAR Perdonadme.
En sus días de ventura
le seguía a todas partes.
Sería yo muy villano
si ahora le abandonase.
REY ¿Cuando su Rey le destierra?
ÁLVAR Señor..., me llama la sangre.
REY ¡Vive Dios ¿Hay en mis reinos
vasallos tan arrogantes,
que más que a mí se les tema,
o más que a mí se les ame?
Sin vos y sin él me sobran
soldados y capitanes;
mas no os iréis si primero
no os alzo el pleito homenaje.
¡Yo parezco el desterrado,
y el Cid monarca triunfante!
Decid a Rodrigo Díaz
que voluntario se extrañe
de mis dominios, o en tanto
que Señor y Rey me llame
ha de hacer mi voluntad,
o por Dios que ha de pesarle.
ÁLVAR Le desterráis...
REY Le destierro,
pero hasta que yo lo mande
no se aleje de su tienda
ni abandone mis reales,

si no quiere que el destierro
se convierta en dura cárcel.
Id No repliquéis. Decidle
que mis órdenes aguarde.

Escena VI

EL REY. ORDÓÑEZ. CABALLEROS.

REY ¿Esto es reinar? ¿Es así
como respetan los grandes
de Castilla a su Monarca?
ORDÓÑEZ Sus fueros y libertades...
REY Si todos tienen aquí
privilegios que les salven
de mi autoridad suprema,
¿no es una irrisión infame
mi nombre de rey? Yo os juro
por la tumba de mi padre
que haré pedazos mi cetro,
o el traidor que no lo acate
pagará con su cabeza
la libertad de injuriarme.
ORDÓÑEZ La saña os ciega, Señor.
Si al mostraros su dictamen
fue Rodrigo de Vivar
harto libre en su lenguaje,
le disculpa su honradez,
y su gloria en los combates,
y su nombre ya famoso
entre cristianos y alarbes.
REY ¡Su nombre! No vale más
que el mío, ¡y tanto le aplauden,
y el *Cid*, el *Señor* le llaman,
y casi le alzan altares!
Por san Millán...
VELLIDO (**Dentro.**) ¡Castellanos!
REY ¡Rey de Castilla! Amparadme!

(**Llega** VELLIDO **acelerado y se postra a los pies del** REY.)

Escena VII

EL REY. VELLIDO. ORDÓÑEZ. CABALLEROS.

REY ¿Quién grita?...
VELLIDO A vuestras plantas, Rey don Sancho,
este proscripto mísero se postra.
REY ¡Proscripto! Alzad. ¿Quién sois?
VELLIDO Vellido Dolfos
es mi nombre, Señor; mi fama poca,
mas joven soy; mi profesión las armas;
noble mi cuna; mi fortuna corta;
libre mi condición; mi patria un monte.
Ayer fui ciudadano de Zamora,
súbdito vuestro..., siervo si os agrada,
de hoy más seré. Mi corazón ahoga
sed de venganza, y la venganza sólo
a vos me lleva, oh Rey; no vil lisonja
ni codicia de honores y mercedes.
¡Perezca para siempre la memoria
del pueblo ingrato a quien mi sangre diera
y de sus muros con baldón me arroja!
¡Humillada y cautiva doña Urraca
cambie por el cilicio la corona!
Venced; no haya perdón para el vencido:
he aquí mi anhelo, mi ambición, mi gloria.
REY ¿Y qué grave razón, Vellido Dolfos,
os fuerza a abandonar, quizá sin honra,
el jurado pendón?
Sangrienta injuria
que no lavara con su sangre toda
la enemiga facción que me persigue.
Mi celo, mi lealtad, mi fe ardorosa
en pro de vuestra hermana, merecieron,
si no a su pecho, al menos a su boca,
loor y gratitud que en almas viles
de la envidia engendraron la ponzoña.
Arias Gonzalo y sus aleves hijos,
que al pueblo engañan y al cabildo compran,
me acusan de traidor. En mi infortunio

una esperanza me quedaba sola;
el favor de la Infanta, su justicia;
mas temiendo a la turba sediciosa
me retira el escudo de su gracia
y al furor enemigo me abandona.
Sin espada que vengue tal ultraje,
sin recto juez que mis clamores oiga,
huyo; no de la muerte; de la infamia,
y eterna execración juro a Zamora.
REY (**Aparte con** ORDÓÑEZ.)
Bien podría el rencor de ese soldado
de mi venganza apresurar la obra.
ORDÓÑEZ Y bien podría pérfido venderos
quien vende desleal a su Señora.
REY No es desleal el que inocente gime
si el yugo rompe que su frente agobia.
¿Oíste la amargura de sus quejas?
No habla así la mentira artificiosa.
Mira su frente adusta. En ella leo
la fiera indignación que le devora.
Yo te amparo, Vellido, en mis pendones,
mas si traidor me fueres...
VELLIDO Vuestra cólera
mal podría evitar inerme y solo.
REY Si fe me juras y mi apoyo imploras,
¿qué me ofreces?
VELLIDO Un brazo que no tiembla,
y una cabeza que de mí responda.
REY ¿Solo un brazo?...
VELLIDO (**Bajando la voz**.)
Otros hay que me obedecen.
Tal vez, más que el valor, ganan victorias
la sorpresa, el ardid... El alto muro
que cien y cien arietes no derrocan,
al frágil diente de comprada llave
cede tal vez...
REY (**En voz baja**.)
Callad, callad ahora.
Partamos, caballeros. Ya la noche
brinda al reposo con su opaca sombra.

ORDÓÑEZ (**Aparte a un caballero.**)
O de achaque de caras yo no entiendo,
o la cara de ese hombre es sospechosa.

ACTO III

El teatro representa un ángulo exterior de los muros de Zamora sobre peñas, arbustos y maleza, cuyo obstáculos impiden que los interlocutores situados a la parte izquierda del proscenio sean vistos desde el adarve.

Escena I

(Es de noche.)

FORTÚN. FROILA.

(FORTÚN **está de centinela sobre el adarve y pasea cantando. Al concluir la copla aparece FROILA por la parte de la villa con una tea encendida, que entrega a** FORTÚN **para que le alumbre; afianza en el muro una escala de cuerda cubierta con yedra y musgo, y asegurado de que está firme, desciende por ella con la tea en la mano a los riscos en que estriba la fortaleza.)**

FORTÚN **(Cantando.)**
«Prometido a doña Sancha,
hermana de don Bermudo,
el buen conde don García
parte a León desde Burgos.»
FROILA **(Disponiéndose a bajar.)**
Firme está. Dame la tea,
y pues la ocasión es calva,
antes que despunte el alba
daré fin a mi tarea.
(Bajando por la escala.)
¿Nos observan? No haga el diablo...
FORTÚN Ni del campo ni del muro.
Bien puedes bajar seguro.
FROILA **(Desde los últimos peldaños.)**
Échame acá ese venablo.
FORTÚN **(Tomando uno que habrá en el adarve.)**
¿Lo tiro?
FROILA ¡Bestial pregunta!
Descuelga, que bien alcanzo,

y no me saques, mastranzo,
algún ojo con la punta.
FORTÚN (**Sentado en el muro alarga el venablo a**
FROILA.)
Mira tú cómo lo tomas,
ten caridad y conciencia;
que si tiras con violencia
y voy detrás, me deslomas.
FROILA Alarga, ¡pese a tu madre!...
FORTÚN No alcanzo más, vive Cristo.
FROILA Ya lo tengo. Suelta.
FORTÚN Listo.

(**Vuelve a ponerse de pie y a pasearse sobre el adarve.**)

FROILA (**Acaba de bajar, apoyándose en el venablo.**)
Hasta la vuelta, compadre.

(**Hablando para sí.**)

Ahora bien, ¿es bueno o malo
lo que voy yo a hacer ahora?
¿Quién vive? ¿Sancho o Zamora?
¿Qué merezco? ¿Gloria o palo?
Soy ignorante y sencillo,
y pues no sé lo que intenta,
ajuste con Dios la cuenta
el que me dio este bolsillo.

(**Desaparece por su izquierda.**)

Escena II

FORTÚN.
(Canta.)
¡No fíes, Conde infeliz,
en los vítores del vulgo!
¡Arma el brazo, guarda el pecho,
que hay cien traidores ocultos!»

Escena III

FORTÚN. FROILA.

FROILA **(Con la tea y sin el venablo.)**

Entre el cambrón y la piedra...
Bien.
FORTÚN Froila vuelve.
FROILA Cumplí.

(A media voz.)

¿Estamos seguros?
FORTÚN Sí.
FROILA Vuelvo a trepar por la yedra.

(Subiendo al muro por la misma escala.)

Ojo a la villa, Fortún.
FORTÚN No temas, que vela Mendo.
FROILA ¿Y Garci-Pérez?
FORTÚN Durmiendo
borracho como un atún.
FROILA **(Ya en lo alto del muro.)**
¡Cómo sudo!
FORTÚN **(Riéndose.)** No es el lance
para menos.
FROILA Seó gallina,
no he ganado la propina
cual tú, cantando un romance.
FORTÚN Decir que canto o que rezo
no me servirá de nada
si por ser tu camarada
me acarician el pescuezo.
FROILA **(Mirando al cielo.)**
Ya será tarde.
FORTÚN A fe mía,
si no es, Froila, aquel lucero
tanto como tú embustero,

muy pronto será de día.
FROILA Si el aloque no me engaña,
distingo hacia allí dos bultos
entre las ramas ocultos...
FORTÚN Sí: ya está el moro en campaña.
Apaga esa tea.
FROILA **(Lo hace**.) Apago,
y, pues guardas tú a Zamora,
voy a saludar la aurora
con otra mano de trago.

Escena IV

FORTÚN.

(Cantando.)
«¡Mira que velan los Velas
rencorosos y perjuros;
mira que el conde Rodrigo
ya aguza el puñal sañudo!»

(Aparecen por la derecha del actor y por la parte de abajo
VELLIDO **y el** REY.)

Escena V

EL REY. VELLIDO. FORTÚN.

VELLIDO (La voz de FORTÚN es esa.)
Ya al pie del muro os halláis.
REY Cantaba una voz...
VELLIDO Sin duda
del centinela será;
y pues canta descuidado,
es evidente señal
de que no nos ha sentido;
ni desde allí nos verá,
que nos ocultan del muro
las peñas y el matorral.
REY ¿Falta mucho?
VELLIDO Poco falta;
mas sentaos si os cansáis,
que como ha sido forzoso
al salir del arenal
apearnos porque el ruido
no descubriese...
REY En verdad
que en lo que emprendo no sé
si hago bien o si hago mal.
VELLIDO Ningún peligro amenaza,
y quien hizo ya lo más...
REY Una mina, me habéis dicho...
VELLIDO Obra fue de un musulmán.
Por el campo al pié del muro
cubre la puerta un sillar
que está en falso. El subterráneo
derecho al alcázar va.
Una dama de la Infanta,
que por deudo y amistad
está obligada a servirme,
me reveló...

**(Empieza a amanecer y, por grados, se va iluminando la escena
hasta el fin del acto.)**

REY ¿Qué esperáis?
Ya empieza a rayar el alba,
y nos pueden observar.
Si por vos gano la villa,
pedidme cuanto queráis;
pero si fuereis perjuro,
¡Vellido Dolfos, temblad!

(Dan algunos pasos y el REY se para y hace detener a VELLIDO oyendo cantar a FORTÚN.)

FORTÚN **(Cantando.)**
«¡Ay! Ya lo hiere a traición
el inhumano verdugo,
y el canto nupcial suspenden
los gritos del moribundo.»
REY ¿Qué canta ese hombre? Traición...,
verdugo..., grito mortal...
VELLIDO Algún romance sin duda.
(¡No le pudiera arrancar
la torpe lengua!...)
REY El romance
¿será un aviso quizá
del cielo con que reprende
mi loca temeridad?
VELLIDO ¿Cómo, Señor! ¿Vos creéis
en agüeros? ¡Pesia tal...!
REY No sé. Si creer en ellos
es, Vellido, necedad,
no es tal vez mucha cordura
de advenedizos fiar.
VELLIDO ¡Habláis conmigo, Señor!
REY Quien fue una vez desleal...
VELLIDO ¡Eso decís, y mi vida
en vuestras manos está!
Sin peto que me defienda
y sin lanza ni puñal,
¿cómo fuera yo traidor
a quien me puede matar?

¡Yo no tiemblo desarmado,
y vos con armas tembláis!
REY **(Amenazándole con el venablo.)**
¡Temblar!...

(Con resolución y retirando el venablo.)

Gula, aunque me lleves
al infierno. ¡Yo temblar!
FORTÚN **(Cantando.)**
«Teneos, clama la niña.
Sea mi pecho su escudo...
Tarde llegó la cuitada.
¡Don García era difunto!»
REY ¿No es la historia de mi madre
la que cantan?
VELLIDO Sí, en verdad,
y la traición de los Velas
cuando al llevarla al altar
su primer marido...
REY Basta.
Canten lo que quieran. Ya
nada me arredra. ¡Mil muertes
primero que un paso atrás!

(Vanse por donde FROILA **desapareció cuando bajó del muro.)**

Escena VI

FORTÚN.
(Cantando.)
«¡Doncella, casada y viuda
en un día, en un minuto!
Humo son, y polvo, y nada
los placeres de este mundo.»
VELLIDO **(Dentro.)**
¡Muere, tirano!
REY **(Dentro.)** ¡Ah... traidor!

(Llega el REY **mal herido, da algunos pasos apoyándose en su venablo, y cae sobre unas matas hacia la derecha, donde pueda ser visto desde el muro: al mismo tiempo aparece vellido, dirigiéndose por entre las peñas adonde está la escala. Lleva en la mano el venablo que bajó** FROILA **del adarve, lo suelta luego y empieza a subir por la escala.)**

Escena VII

EL REY. VELLIDO. FORTÚN.

VELLIDO ¡Don Sancho, descansa en paz!
REY ¡Asesino!
VELLIDO Dame el nombre
que cumpla a tu voluntad.
Mi brazo ha sido instrumento
de la ira celestial.
REY ¡Morir!... ¡Aquí!... ¡Sin venganza!...
¡Socorro!...
FORTÚN (**A** VELLIDO.)
Por san Millán,
apresuraos.
VELLIDO ¡Morir,
y morir en tierna edad,
y dar el último aliento
sobre inculto pedregal
el Rey de tantas ciudades,
y por una eternidad
adiós, corona, decir,
adiós, púrpura real!

(**Acaba de subir al muro; y desprendiendo** FORTÚN, **la escala, la arroja al monte.**)

REY ¡Villano, líbrame al menos
de tu vista!
FORTÚN ¡Despachad!
Oirán sus gritos... Huyamos...
VELLIDO (**En lo alto del muro**.)
Maldice ahora, rapaz,
tu temeraria ambición
y tu imprudencia fatal.

Escena VIII

EL REY.

¡Oh perfidia! ¡Oh desventura!...
Y esta horrible soledad...
¡Castilla!... ¡Favor!...
ORDÓÑEZ **(Dentro.)** Pie a tierra,
que allí no pueden llegar
los caballos.
REY Siento pasos...
Sí. Quien quiera que seáis...

Escena IX

EL REY. EL CID. ORDÓÑEZ. ÁLVAR FÁÑEZ. CABALLEROS.
SOLDADOS.

(Van llegando sucesivamente.)

ORDÓÑEZ Sonaba una voz...
REY Amigos
o enemigos, ¡amparad
a un desventurado!
ORDÓÑEZ **(Acercándose.)** ¡Cielos!
¡Es el Rey! ¡Herido está!
CID **(Llegando con Álvar Fáñez.)**
¿Qué decís! ¡Herido el Rey!
REY ¿Es Rodrigo de Vivar?
CID Yo soy, Señor. Socorredle...
Acudid...
REY ¡Es tarde ya!
CID ¡Oh infamia! ¡Oh traición!...
REY ¡Vengadme!
Mi injusticia perdonad.
CID Rey don Sancho, yo la olvido;
que erais bravo capitán
y excusaba vuestros yerros
inexperta mocedad.
Sí, yo os perdono. ¡Así Dios
en su eterno tribunal
con misericordia os juzgue!
Mas ¿cuál fue la mano audaz,
cuál fue la mano sacrílega
que hirió con dardo mortal
ese pecho valeroso?
REY Mi funesta ceguedad...
Vellido Dolfos... Zamora
le acoge en sus muros...
ORDÓÑEZ ¡Ah!
Bien lo temía, que siempre
fue mi corazón leal.
¡No me creísteis, Señor!

Partir en la oscuridad
solo con él... No quisisteis,
por mi mal y vuestro mal,
que os siguiera...
CID Diego Ordóñez,
ya es inútil ese afán.
Pues salvarle no es posible,
procurémosle vengar.
ORDÓÑEZ ¡Venganza!
TODOS ¡Venganza! ¡Guerra!
VOCES (**En la villa.**)
¡Al muro!
REY ¡Dios de Abraham!...

(Suenan dentro voces e instrumentos de guerra y va coronándose el muro de soldados.)

SOLDADOS **(En el muro.)**
¡Traición! ¡Al muro!
LOS DE ABAJO ¡A las armas!
REY ¡Tened... de mi alma... piedad!

(El REY expira. Llegan al muro con otros CABALLEROS **y** SOLDADOS. ARIAS GONZALO **y** PEDRARIAS.**)**

Escena X

EL CID. ORDÓÑEZ. ÁLVAR FÁÑEZ. ARIAS GONZALO.
PEDRARIAS. CABALLEROS. SOLDADOS.

GONZALO Antes que asaltéis los muros,
si tanto osareis, aquí
moriréis todos. ¿Así
guardáis la tregua, perjuros?
ORDÓÑEZ ¿Así la guarda Zamora,
que, sobre acción tan impía,
con infame alevosía
nos viene a insultar ahora?
ÁLVAR ¿Aún osa invocar la ley
el que a violarla se atreve?
Vuestra fue la mano aleve
que ha dado muerte a mi Rey.
PEDRARIAS ¡Muerto el Rey!
CID Traidora lanza
vertió su sangre. ¡Mirad!

(El CID, ORDÓÑEZ, ÁLVAR FÁÑEZ y otros dos caballeros que
rodeaban al REY se separan mostrando su cadáver a los del muro.)

Y tan horrenda maldad
al cielo pide venganza.
En esa faz macilenta
que la muerte descolora
mirad, hijos de Zamora,
el sello de vuestra afrenta.
Paz os había jurado,
y por Dios que me arrepiento,
mas ya me alza el juramento
ese cuerpo ensangrentado.
(A ÁLVAR FÁÑEZ.)
Llevad de aquí sus despojos
donde yagan con honor.
¡Quizá en él su matador
recreando está los ojos!

(Cuatro soldados retiran el cadáver del REY por la derecha. Le acompañan ÁLVAR FÁÑEZ y otros caballeros.)

Escena XI

EL CID. ORDÓÑEZ. ARIAS GONZALO. PEDRARIAS.
CABALLEROS. SOLDADOS.

GONZALO También cadáver le llora
quien vivo le combatió.
Si un traidor muerte le dio,
culpa al traidor, no a Zamora.
Tú me conoces, Rodrigo,
tú que en más de una victoria
las fatigas y la gloria
partiste un día conmigo.
Si la causa que defiendo
en este muro me encierra,
no soy yo quien de la guerra
la antorcha fatal enciendo;
y esta causa es harto bella,
aunque el Cid no lo confiese,
para que yo consintiese
tal borrón echar en ella.
Mas ¿quién sabe, noble Cid,
si en ese monte desierto
el Rey de Castilla ha muerto
a traición o en buena lid?
Si el golpe, en fin, fue traidor,
¿quién sabe si el asesino
del muro sitiado vino
o del campo sitiador?
ORDÓÑEZ Con odiosa villanía,
no lidiando en buena ley,
le han muerto; que el mismo Rey
lo declaró en su agonía,
y el que su nombre infamó
con perdurable mancilla,
de los muros de esa villa
espía doble salió.
PEDRARIAS Yo no aplaudo al homicida
ni defenderle procuro,
mas ¿cómo al pie de este muro

perdió don Sancho la vida?
¿Qué cristiano pensamiento
de noche aquí le traía
cuando Zamora dormía
fiada en su juramento?
Decid que su mala estrella
le trajo a la perdición;
que quien ama la traición...
no es mucho que muera en ella.
ORDÓÑEZ No oséis injuriar su nombre
con sospechas temerarias.
Solo Dios juzga, Pedrarias,
los pensamientos del hombre;
mas la vil atrocidad
que Castilla en cara os echa
no es temeraria sospecha,
sino triste realidad.
GONZALO Mas ¿quién el trásfuga ha sido
y el traidor que nos infama?
ORDÓÑEZ Vellido Dolfos se llama.

(Sensación en el muro.)

SOLDADOS ¡Vellido Dolfos!
OTROS ¡Vellido!
PEDRARIAS ¡El que hacía tanto alarde
de constancia y valentía,
con tan negra felonía
mancha su mano cobarde!
GONZALO Si el agresor es Vellido,
dio, por cierto, brava muestra
de virtud. Por dicha nuestra,
en Zamora no ha nacido.
PEDRARIAS Ni es cómplice, no, la villa
del falaz aventurero:
por la fe de caballero
lo juro a Dios y a Castilla.
GONZALO Yo ignoro su fuga, Conde,
y quién su espalda guardó,
y si está en Zamora o no,

y el lugar en que se esconde.
PEDRARIAS Aunque le oculte el abismo,
yo respondo...
GONZALO Hacéis muy mal.
Bastante hará cada cual
en responder de sí mismo.
Si el delito ve probado,
Zamora sabrá muy bien,
sin que lecciones le den,
lo que ha de hacer del culpado.
Ella el premio y el castigo
se reserva de un vasallo,
y no ha de dictar su fallo
la lanza del enemigo.
Al que su nombre desdora,
que al más alto nombre igualo,
así responde Gonzalo,
así responde Zamora.
CID ¿Así Zamora responde?
¿Eso dice su caudillo?
Pues oídme, zamoranos,
y Dios me sea testigo.
Quien duda culpar a un reo
de traición y regicidio;
quien en vez de perseguirle
le da protección y asilo,
no está lejos ya de ser
cómplice de su delito.
Si el delito es evidente,
lo diga el cadáver frío
del malogrado Monarca,
que dando el postrer suspiro
en mis brazos pronunció
el nombre del asesino;
don Diego Ordóñez lo diga,
y Álvar Fáñez, mi buen primo,
y esos nobles caballeros...,
y dígalo en fin yo mismo;
que no ha menester probanzas
lo que afirma don Rodrigo.

Si quiere lavar Zamora
el ron que le ha caído,
y no quiere ser de España
mengua, escándalo y ludibrio,
antes que el naciente sol
esconda en el mar su brillo;
que mañana será tarde;
lo juro a Dios uno y trino,
sobre el matador aleve
y sus cómplices inicuos
caiga en justa expiación
el acerado cuchillo.
Si tal no hacéis; si hoy no veo
la cabeza de Vellido
sobre una almena clavada,
pasto de buitres carnívoros,
¡oid, oid!, yo os declaro
villanos y fementidos,
sin Dios, sin ley, sin honor
y ruines como judíos.
Yo, Rodrigo de Vivar,
a todos os desafío,
a pie, a caballo, en el campo,
en el muro, en todo sitio,
uno a uno, ciento a ciento...,
o yo solo contra cinco.
A ti el primero, Gonzalo,
y a los que de ti han nacido,
y a cuantos cobran tu sueldo,
deudos, parciales y amigos;
y a todos los de Zamora,
ancianos, mozos y niños,
y al pechero y al hidalgo,
y a los pobres y a los ricos,
y a sus hijos y a sus nietos,
y a los nietos de sus hijos,
y hasta a las mieses del campo
y hasta a los peces del río;
y no comeré a manteles,
ni bajaré del estribo,

ni rasuraré mi barba,
ni mudaré de vestido
hasta que caiga en cenizas
Zamora con su castillo,
y en sus ruinas solitarias
ni fieras busquen abrigo,
y horror y escarmiento sean
a los venideros siglos.

(Quedan solos los del muro.)

Escena XII

ARIAS GONZALO. PEDRARIAS. CABALLEROS. SOLDADOS.

PEDRARIAS ¿Qué haréis?...
GONZALO Cumplió su deber.
Yo sabré cumplir el mío.

(Baja a la villa con PEDRARIAS **y los** CABALLEROS. **Los** SOLDADOS **le siguen en tumulto.)**

SOLDADOS ¡Sálvese Zamora!
OTROS ¡Caiga
el traidor!
OTROS ¡Muera Vellido!

ACTO IV

La decoración del acto primero.

Escena I

VELLIDO. RAMIRA.

RAMIRA ¡Tan presuroso, Vellido,
y cuando empieza a lucir
el sol apenas! ¿Qué nueva...?
VELLIDO Feliz, Ramira, feliz,
y no lo debes dudar,
pues a Zamora volví.
RAMIRA ¡Nuncio de nueva dichosa,
y en vez de alzar la cerviz
con orgullo y regocijo
cual vencedor adalid,
mortal palidez te cubre
y abatido, inquieto...!
VELLIDO Sí.
La fatiga, el sueño...
RAMIRA ¿Acaso...,
no lo ocultes, de la lid
vienes herido? Tu sangre...
VELLIDO No, mi sangre no vertí,
ni impelido cual solía
por el eco del clarín,
a combatido mi brazo
con esfuerzo varonil.
Aquí, dentro de mi pecho,
no fuera del muro, aquí
la lid está; ¡y cuán horrible!
RAMIRA No sé qué pensar. Si al fin
la nueva es feliz...
VELLIDO ¡No he dicho
que lo sea para mí!
La Reina triunfa; Zamora
sin miedo a yugo servil
ya respira, y sonarán

cantos de alegre festín
donde las sierpes rugían
de la discordia civil;
mas yo, Ramira, que en hora
maldita de Dios nací,
entre tantos venturosos
¡yo solo seré infeliz!
RAMIRA ¿Por qué?
VELLIDO ¡No me lo preguntes!
RAMIRA ¿Eso merezco de ti?
VELLIDO ¡La Reina!... Verla deseo.
Pero en lecho de marfil
dormirá...
RAMIRA ¡Cómo te engañas!
¿Puede tranquilo dormir
quien siente acosado el pecho
de mil zozobras y mil?
Ansiar el albor del día
una y otra vez la oí,
y más que ella perezosas
fueron al verle venir,
las palomas en la torre,
las flores en el jardín.
VELLIDO ¡Velaba también la Reina!
Decidme, oh cielos. decid
si algún recuerdo... ¡Ah! Perdona,
perdona mi frenesí.
RAMIRA ¡Vellido!
VELLIDO Llámala presto,
Ramira.
RAMIRA Y... ¿puedo pedir
albricias...
No sé.
RAMIRA (¡Qué extraño
misterio...!) Espérala aquí.

Escena II

VELLIDO.
¡Crueles remordimientos,
de mi corazón huid!
Él merecía la muerte;
yo su destino cumplí...
y el mío. ¡Murió! ¿Qué importa
si le dio muerte el ardid
o el valor? Era enemigo.
Si aleve en matarle fui,
no lo fue menos don Sancho
cuando la codicia vil
ahogó la voz de la sangre
en su corazón. ¡Huid,
remordimientos! ¿Acaso
ha armado mi brazo el ruin
interés? No. Me animaba
pasión más noble. Es pueril
mi escrúpulo. Los tiranos
deben acabar así.

Escena III

DOÑA URRACA. VELLIDO. RAMIRA.

DOÑA URRACA Bienvenido seáis, valiente Dolfos.
VELLIDO Vuestros pies...
DOÑA URRACA Levantad. En este alcázar
no tan presto creí tornar a veros;
mas si mi fiel Ramira no me engaña,
pues nuncio sois de venturosa nueva,
bien en dármela hacéis tan de mañana.
VELLIDO Corona y vida prometí salvaros:
se ha cumplido, Señora, mi esperanza.
Libre sois. Los armados escuadrones
que cercaban ayer estas murallas,
respetarán de hoy más vuestros derechos;
que culpable ambición, fraterna saña
harto tiempo, con gozo del alarbe,
mancillaron la gloria castellana.
DOÑA URRACA ¿Será verdad? ¡Oh Dios! Tanto prodigio
no acierta a concebir absorta el alma.
¿Qué potestad del cielo os ha inspirado?
¿Qué virtud es la vuestra sobrehumana,
que dentro de aquel pecho empedernido
más prestigio ha tenido que mis lágrimas,
más poder que el instinto de la sangre
y la alta voz de la justicia santa?
¿Cómo en las aras de la paz hermosa
Sancho depone la iracunda lanza?
VELLIDO No le hablé yo de paz; que harto sabía
a qué precio, Señora, os la otorgaba;
y paz tendréis, pero a despecho suyo.
DOÑA URRACA ¿Será que en mi defensa se declaran
Diego Ordóñez..., el Cid...
VELLIDO Sólo a mi brazo
y al cielo que protege vuestra causa
trono debéis y libertad y vida.
DOÑA URRACA Mi asombro hacen mayor esas palabras.
¿Habéis vencido a la contraria hueste?
¿Cómo pudisteis a tan grande hazaña

dar cima solo vos? ¿Cómo Zamora
en gritos no prorrumpe de alabanza
y gloria al vencedor?
VELLIDO ¡Gloria a su Reina!
Yo no tengo derecho a reclamarla.
DOÑA URRACA ¡Ah! ¿Qué decís, Vellido?
VELLIDO La victoria
tal vez, Señora, sin lidiar se alcanza.
La suerte de los pueblos y los reyes
no siempre se decide en las batallas.
DOÑA URRACA ¿Qué habéis hecho? ¡Acabad!
VELLIDO Salvaros.
DOÑA URRACA ¿Cómo?
VELLIDO Dando la muerte a quien la vuestra ansiaba.
DOÑA URRACA ¡La muerte! ¿A quién? ¡Oh Dios!... ¿Será
posible?...
VELLIDO Verdugo más que hermano...
DOÑA URRACA ¡Ah! ¡Calla, calla!
¡Sancho infeliz! ¡Le has muerto, fementido,
y del golpe sacrílego te jactas,
y vienes a anunciarme su agonía,
y a tanto llega tu cruel audacia,
que su sombra y mi llanto escarneciendo
llamas verdugo al que alevoso matas!
VELLIDO ¿Fui yo el primero por ventura, oh Reina,
que ese nombre le di? ¿Fue mi venganza
la que juré o la vuestra? En ese labio
¿no resonó fatídica, sagrada,
la voz de maldición? Y maldecirle
¿no era abrir a mi acero sus entrañas?
DOÑA URRACA Si ciega le maldije en mi despecho,
no imaginé que un tigre me escuchaba.
Quejarme yo de injusta tiranía,
llorar con amargura mi desgracia,
no era pedir su muerte. Si el delirio
de una triste mujer desesperada
recuerdas, hombre atroz, ¡ay! ¿cómo olvidas
que esa triste mujer era su hermana?
¿Cómo olvidaste en el combate horrible
que era mi sangre la que allí brotaba?

VELLIDO Juré su muerte, y al cumplir mi voto
yo no vi ni un hermano ni un monarca;
vi sólo un enemigo de mi Reina.
Y no lidiando con iguales armas,
y en campo abierto, y a la luz del día,
y rostro a rostro le mató mi rabia;
que afianzar vuestro solio con su muerte,
no laureles ni aplausos codiciaba.
¡Me llamarán cobarde y asesino!
¿Qué importa? Con morir en la demanda
nada hacía por vos. Cierto era el triunfo
inmolando mi honor en vuestras aras.
DOÑA URRACA ¡Oh, insensato Vellido, y yo mil veces
más demente que tú! ¡Fatal, aciaga
la hora en que te vi! ¡Monstruo!, si tanto
te gozas en la sangre que derramas,
digna es también de tu valor mi muerte.
Hunde en mi corazón la infame daga.
VELLIDO ¡Oh! ¿Qué decís! ¡Sobre mi frente odiosa
del cielo vengador el rayo caiga;
que no será a mis ojos tan terrible
como ese llanto que los vuestros baña!;
¡como esa indignación que es mi suplicio
y con tardo pesar me quiebra el alma!
Sí, monstruo soy atroz, abominable.
La venda de mis párpados se rasga.
No es disculpa a mi bárbara fiereza
la funesta pasión que me avasalla,
ni mi fe, ni mi anhelo de serviros;
no: vos me condenáis, y eso me basta.
¡Miserable de mí, que desde el lodo
levanté a vuestro solio temeraria
la frente, y no cegué! ¡Desventurado,
que como ángel del cielo os adoraba,
y altivo y deslumbrado, con la vuestra
osé medir mi condición villana!
¡Maldito yo que a una alma generosa
cual grato don el crimen y la infamia
pude ofrecer! ¡Remordimiento horrible
mi corazón corroe y despedaza!

¡Y en justa expiación de mi delito,
sola una vida de baldón cargada
os puedo dar! ¡Oh sol, por qué me alumbras?
¡Oh tierra, por qué sufres de mi planta
la huella criminal? ¡Oh infierno, infierno,
por qué tu negro abismo no me traga?
DOÑA URRACA ¡Aún me harás, malhadado, si te escucho,
tener de ti misericordia! Aparta.
¡Tu vista es mi tormento!

(Suena un vocerío confuso a lo lejos.)

RAMIRA **(Acercándose a una ventana.)**
¿Oís, Señora?...
Suenan gritos. La villa amotinada...
DOÑA URRACA ¡Cielos!...
VOCES **(Dentro**.)
¡Muera el traidor! ¡Vellido muera!
VELLIDO ¡Yo te bendigo, celestial venganza!
DOÑA URRACA ¡Ah! ¡Perdida mi villa!... El enemigo...
RAMIRA **(Asomándose a la ventana.)**
No temáis, que la enseña zamorana
en los muros ondea.
VOCES **(Más cerca.)** ¡Muera Dolfos!
VELLIDO Sí, daré a vuestros filos mi garganta.
Adiós quedad, ¡oh Reina! ¡Mi cadáver
ludibrio sea de la plebe insana
y cebo de las aves carniceras
sus miembros insepultos!
DOÑA URRACA ¡Tente! ¡Aguarda!
Quizá más delirante que perverso...
VELLIDO ¡No! Indigno de perdón...
RAMIRA Si de este alcázar
salir te viera el vulgo fascinado,
quizá a la Reina cómplice juzgara.
VELLIDO ¿A la Reina? ¡Jamás!
DOÑA URRACA Cesa el tumulto...
VELLIDO ¿Y qué dirá si su piedad me salva?
RAMIRA Entraste sin ser visto. Hay un secreto
postigo... El oro comprará a los guardas.

DOÑA URRACA Huid. ¡No me perdáis! Huid; salvaos,
¡pues así lo ha querido mi desgracia!
VELLIDO ¡Oh! ¡Dejadme morir!
DOÑA URRACA Idos. Lo ordeno.
VELLIDO Mi voluntad fue siempre vuestra esclava.

Escena IV

DOÑA URRACA.
Sí, el fatal desvarío de su mente
al crimen le arrastró. Y acaso incauta
yo agucé su puñal. ¡Tanto la ira,
y tanto el necio orgullo me cegaban!
¡Ay trono! ¡Ay corazón!... ¿Por qué en tu fondo
recelo penetrar? Oigo pisadas...
Todo me hace temblar. Aquí se acercan...
GONZALO (**A la puerta**.)
¿Dais licencia, Señora?
DOÑA URRACA Entrad, don Arias.

Escena V

DOÑA URRACA. ARIAS GONZALO. PEDRARIAS.
CABALLEROS.

GONZALO ¿Sabéis que el Rey vuestro hermano
es cadáver?
DOÑA URRACA ¡Ay! Lo sé.
GONZALO ¿Sabéis, Señora, que fue
muerto por traidora mano?
DOÑA URRACA Ramira me daba ahora
la nueva infausta, y mi duelo...
GONZALO Justicia demanda el cielo,
justicia pide Zamora.
DOÑA URRACA Pero la pide en tumulto,
y mientras yo reine aquí
nada alcanzarán de mí
la amenaza y el insulto.
GONZALO Si el pueblo en ira se inflama
contra el feroz regicida,
en ello le va la vida
y con la vida la fama.
Para calmar su furor
yo le he jurado, y no en falso,
que hoy rodará en el cadalso
la cabeza del traidor.
DOÑA URRACA ¿Y quién el traidor ha sido?
GONZALO ¿Lo podéis vos ignorar
cuando el clamor popular
culpa y condena a Vellido?
Sabéis que Sancho murió,
llorando estáis su agonía;
¿y no sabéis todavía
la mano que le mató?
¿Eso, Señora, responde
Vueseñoría a mi fe,
cuando el traidor, yo lo sé,
en este alcázar se esconde?
DOÑA URRACA ¿Qué decís, Arias Gonzalo!
¿Me juzgáis cómplice vos

de ese hombre?...
GONZALO Líbreme Dios
de pensamiento tan malo.
Contra el fallo de Zamora,
que no osó esperar tranquilo,
pudo aquí tornar asilo
sin dársele vos, Señora.
En nombre, no de esa grey
cuyo grito no me espanta,
bien que en razón lo levanta,
sino en nombre de la ley,
os demando el criminal;
y advertid que yo no soy
el que este nombre le doy:
se lo ha dado el tribunal;
que, aunque detesto a Vellido,
hasta probar su mancilla
contra Zamora y Castilla
le hubiera yo defendido.
Mas ya entre cadenas gimen
maldiciendo su destino
y llamándole asesino
dos cómplices de su crimen;
y, pues le acusa la ley,
por la ley clamo yo ahora...,
¡y no fue el muerto, Señora,
ni mi hermano ni mi Rey!
DOÑA URRACA Humillarme el Rey quería
bajo su yugo opresor,
y si hoy fuera vencedor
piedad de mí no tendría;
mas yo le olvido tirano
y desgraciado le lloro,
y al cielo por él imploro;
porque al fin era mi hermano.
En rescate de su vida
daría mi vida yo;
que a mi corazón llegó
la aleve punta homicida;
mas si el reo aunque inhumano,

invocando mi piedad
se acoge a la inmunidad
de este alcázar soberano,
¿será justo que mi encono...?
GONZALO Sí; que la ley le ha proscrito,
y no hay fuero a su delito
ni en el sagrado del trono.
DOÑA URRACA Quizá perdió la razón,
y frenético en mal hora
vio la salud de Zamora
donde ella ve su traición.
Vos, don Gonzalo, vos mismo
le acusabais de demencia,
¿y no es digno de clemencia
si su ciego fanatismo...?
GONZALO ¡Oh!... No prosigáis, por Dios,
y si piedad tan funesta
ha de ser vuestra respuesta...,
yo responderé por vos.
Yo con mi noble hidalguía
cubriré vuestra flaqueza;
yo que ofrecí una cabeza...
daré al verdugo la mía.
DOÑA URRACA ¡Vos, tan leal caballero,
vos, prez y honor de Castilla!
¡Vos !... ¡Ah! La horrible cuchilla
caiga en mi frente primero.
PEDRARIAS Yo no he de sufrir, señor,
ni remedia nuestro mal
que la sangre del leal
redima la del traidor.
¿Olvidáis que airado el Cid,
si hoy no castiga la ley
al asesino del Rey,
nos provoca a horrenda lid?
Esa sangre que sin tasa
dais por el honor ajeno,
la reclama a vuestro seno
el honor de vuestra casa.
Morid, mas lidiando sea;

muramos todos con vos;
mas no digan ¡vive Dios!
que excusamos la pelea.
Así lavará la villa
el borrón que la desdora;
sólo así podrá Zamora
dar un mentís a Castilla;
y pues menos mereció
que merece un parricida,
caiga, perezca vencida;
pero deshonrada, no.
DOÑA URRACA Mi causa a la suya uní,
y en esta fatal querella
¿qué mancha caerá sobre ella
que no caiga sobre mí?
No, yo no quiero la muerte
de ese pueblo honrado y fiel
y sabré morir con él
si así lo ordena la suerte;
mas ¡ay! si pudierais ver
mi ulcerado corazón,
os moviera a compasión
esta mísera mujer.
¡Ah Dolfos!... ¡Su atroz delirio
no visteis cual yo lo vi;
vos no le oísteis aquí
pedir don ansia el martirio,
y en su infausta ceguedad
aplaudirse de la horrenda
traición y llamarla ofrenda
de amor y fidelidad!
¡Huye, le dije, insensato!
Bañada en tu sangre impía,
mi mano se macharía
con más vil asesinato.
GONZALO ¡Traidor cobarde! ¡Y burló
la humana justicia así!
¡Y huyó!...

Escena VI

DOÑA URRACA. VELLIDO. ARIAS GONZALO. PEDRARIAS.
RAMIRA. CABALLEROS.

VELLIDO De la Reina, sí,
pero de Zamora, no.

(Murmullo de sorpresa e indignación entre los caballeros.)

PEDRARIAS ¡Vellido!
VELLIDO Sí; Vellido. ¿Qué os admira?
Quien provocar ha osado la del cielo
no teme, zamoranos, vuestra ira.
He aquí la aleve mano
que hizo lanzar de la agonía el grito
al infeliz monarca castellano.
Cuál fuera la ocasión de mi delito,
cuál fuera mi designio o mi esperanza,
sólo a Dios lo diré compareciendo
de su justicia al tribunal tremendo
que a todos pesa con igual balanza.
Bástele al mundo que mi propio labio
me acuse de traidor y parricida,
y de la ley ofrezca en desagravio
mi miserable vida,
¡de mí más que de nadie aborrecida!
Pero ¡oíd!, que solemne es el acento
de hombre que va a morir, siquiera sea
el más vil de los hombres. Ya, sediento
de sangre y de venganza,
el corazón dañado
mi brazo armase de traidora lanza,
o ya de mi razón el desvarío
al crimen me arrastrase mal mi grado;
ese crimen horrible es todo mío.
Y esa piedad augusta
que al cieno descendió de mi deshonra,
a otro crimen la debo; a mi falacia;
que con el velo de lealtad mentida

y el llanto seductor de la desgracia,
 para engañar a un ángel soberano,
osé cubrir la sangre de mi mano.
¡Mano de maldición, mano execrable!
Sola tú sin horror y sin afrenta
y con golpe más hondo y más seguro
puedes herir mi corazón impuro.
¡Reina! ¡Zamora! ¡Rey!...

(Saca rápidamente un puñal, se hiere y RAMIRA **le sostiene.)**

Ya os he vengado.
RAMIRA ¡Gran Dios!
GONZALO ¡Maldito mueras!
DOÑA URRACA (¡Desdichado!)